어느날 문득 네가그리워지면
그러면…어쩌지? **2**

2

어느날 문득 네가그리워지면 그러면… 어쩌지?

| 임우현 시집 |

징검다리

차 례

● ● ●

14년 전을 떠올립니다.

지금은 37살이랍니다.

21살에 군대를 갔습니다.

24살에 제대를 했습니다.

그리고 살아오며 수많은 실패와 어려움을 겪으며 어느새 37
살이 되었답니다.

모르겠습니다.

아직도 세상을 살아가는 것이 내 뜻 같지 않고 세상 안에서
성공한다는 것이 무엇인지는 아직도 모르겠습니다.

그러다 어느날 지난 젊은 날 써놓았던 시집을 읽어보았답
니다.

어찌나 창피하고 부끄러워지던지… 그럼에도 불구하고 아!
이때가 좋았구나.

사랑 이야기로 설레이고 작은 소망으로 행복해하던 그 시

절…

　어느새 너무나도 강한 축복만을 기다리고 남들보다 더 잘 되기만을 기다리며 웬만한 사랑에는 반응하기 힘든 내 자신이 너무나도 부끄러웠답니다.

　그래서 용기를 내어 오래 전 습작으로 내어놓은 첫 시집을 다시금 세상에 내어놓아 봅니다.

　모든 것이 감사입니다.

　모든 것이 영광입니다.

　모든 것이 감사… 감사…

　저의 스무 살을 여러분께 드립니다.

　저의 서른 살을 사랑하는 사람에게 드립니다.

　그리고 저의 미래를 하나님께 드립니다.

　감사… 사랑… 합니다.

2008년 어느 날　임우현

어쩌나?

춥다 혼자이기에 느끼는 추위가
남들보다 더 춥다
어쩌나?
이 긴긴 겨울 어떻게 보내나

외롭다 혼자이기에 느끼는 외로움이
남들보다 더 외롭다
어쩌나?
이 긴긴 겨울을 어떻게 보내나

슬프다 혼자이기에 느끼는 슬픔이
남들보다 더 슬프다
어쩌나?
이 긴긴 겨울을 어떻게 보내나

어쩌나? 이 긴긴 겨울을……

철면피

오늘 또 나와 친한 전우에게
도착한 편지 한 통,
사랑하기에 너무 힘이 든다는
그래서 이제는
이 마음 추억으로
남겨두고 싶다는 이별 편지

그동안 몇 명째인가?
군에 오면
사랑하는 애인과
헤어져야 하는 것이
군대의 불문율이라지만

그녀들도 알고 있을까?
다 큰 사내 녀석이
담장밖만 바라보며

흐르는 눈물 감추느라
말없이 연신 담배만 피워대는 모습을…

애야 힘내라
원래 군에 오면 다 그래
잊어 버려
더 좋은 사람이 생기겠지

전혀 도움이 안 되는
말들로 위로를 해주지만
나도 못잊어 힘들어 하면서도
그저 잊어버리라고만 하는 나는
얼굴도 두꺼운 철면피임이 틀림없다

짬밥으로 안되는 것

내가 눕고 싶으면 눕고
청소 안해도 눈치 안 보이고
무엇이든
내가 할 수 있는 건
다 할 수 있는 병장 짬밥인데

떠나버린 너의 마음은
내가 먹은 짬밥으로도
안 되는구나
오히려 너로 인한 아픔은
점점 더 커지고
어서 이 곳을 나가고 싶다

널
잊을 수 있는 곳으로

친구란 좋은 거다

친구란 좋은 거다
내가 술을 못 마시니
내 대신 마시고
내 대신 화를 내준다

눈물을 보이면
함께 슬퍼하고
날 웃겨 주려 노력도 하는

정말로 친구란 좋은 거다
가끔은 친구들과 멀어져
아쉽기도 하지만
오늘도 더 많은
친구를 사귀려 노력하고 있다

친구란 좋은 거다

○○○

하루종일 땀과 먼지로 보낸
훈련장에서
내게 남은 건
하얀 먼지로 뒤덮인 전투화뿐

십 분의 휴식시간,
무심결에 주워든
나뭇가지로
하얀 먼지를 벗겨내며
글씨를 써본다
○○○
사랑해
몇 번이고 네 이름을 쓰며
엷은 웃음을 짓는다

다시 뛰어야 할 시간이다

이제부터는 그리 힘들지만은

않을 것 같다

밤의 고백

25개월이라는 시간은
지독한 외로움과의 싸움이었다
앞으로 남은 한 달간
또다시 얼마나
외로움에 떨며
그리움에 목말라
세상을 그리며 살아갈지는
나 자신도 모르지만

이 길지 않은 시간은
나를 성숙하게 했고
진정한 사랑이 무엇인지
그리고 사람이란 어떠한 존재인지
작은 깨달음을 주었다

아마 내가 내일 당장 죽어야 한다면

오늘밤 간절한 고백을 해야 한다

나 오직 하나님을 사랑하기에

이밤 잠들 수 있다고

맑은 마음으로 사랑한다고…

미안한 마음

― 친구에게

영원히 함께 하자고
맹세하던 어린 시절
한 친구는 공장에 다니고 있고
한 친구는 실업자가 되어
자격증 시험 준비를 하고
한 친구는 이제야 군에 입대해
쫄병으로 구르고 있고
한 친구는 장사를 시작했단다
그리고 나는
이제 세상에 나갈 준비를 하고 있다

어린 시절의 철없는 맹세로
남겨두기엔 너무도 소중한 나의 친구들

만나고 싶은데
다시 한번 어울리고 싶은데

너무 바쁜 세상살이

무엇이 그리 바쁜지 마음뿐이다

그리움보다 큰 미안한 마음뿐이다

친구야

지금쯤 나의 친구는
무얼 하고 있을까?
혹시 내 생각을 하는 건 아닐까?
그리 오랜 시간이 흐르진 않았지만
함께 나누었던 우리들의 시간과 숨소리는
지금도 생생하게 남아 있다

친구야
내 평생 두 번 다시 못 사귈
어린 시절의 내 삶아
나를 가장 진지하게도 하며
나를 가장 슬프게도 만들었던
우리만의 비밀스런 시간들
나의 사랑하는 친구야

지금 이 시간

너는 잠이 들어 있겠지
혹시 내 꿈을 꾸고 있는 건 아닐까?
너와의 소중한 만남에
나도 이 밤 너의 꿈을 꾸련다
사랑하는 친구야

제대

두 번의 여름이 지나갔다
두 번의 가을도 지나갔다
두 번의 겨울도 지나가고
이제
세 번째 봄을 맞이하고 있다

나 이제
정말로 제대하려나 보다
이 기분
이 마음이 어떤지
느껴보지 않은 사람은 모른다

나 이제
제대한다, 야호!

무명 시인의 시집

시집을 사봅니다
그것도 무명 시인들의 시집을

오랜 밤
낙서 같은 인생을 적어야만 했던
한 무명 시인의
삶을 읽어 봅니다

함께 사는 세상
행복할 수 있는
호흡할 수 있는

우리
무명 시인들의 시집을
사봅시다

권하는 시집 하나

서른이 넘은 한 여인의 시집
남편은 스님이었고
자기는 수녀였다는 여인의 시집

평범하지 않은
자신의 환경속에서
마음을 두드리며 써 놓은 詩

바닥까지 훤히 보이는
냇물을 들여다보는 것처럼
한없이 순수하게 느껴지는 詩

세상에 부대끼며 변해가는
내 모습이 순간
두렵게 느껴졌다

그 마음

그 삶

닮고 싶은 아름다움이다

오늘 하루 1

오늘 하루
네가 살아 있다는 사실은
무엇보다 내게 커다란 힘이 된다
때로는 힘들게 느껴지는 일조차
견딜 수 있을 만큼 힘이 된다

매일 그립고
매일 보고 싶은
널 떠올리며
단지 너와 함께 살아가고 있다는 걸

난 그저
하나님께 감사할 뿐이야

오늘 하루 2

오늘 하루
또다시 삶을 이어갑니다
계속되는 작업의 연장 속에서도
잊혀지지 않는 그대 모습에
일손을 놓아야 했습니다

그대 또한
내 생각을 하고 있을지
아님
하루의 삶중
가장 치열한 시간 속에
모든 것 잊어버리고
뛰어가고 있을지

오늘 하루
그대가 이 땅 위에 있기에

느끼는 기쁨에
나는 흠뻑 젖어봅니다

하나님의 선물

우리는 오늘 하루를
하나님의 선물로 받았습니다

아무것도 드린 것이 없는데
하루하루를 매일 받기만 하다 보니
이제는 당연한 권리인듯
교만해져 있습니다

내가 살아 있다는 현실이
감사함으로 느껴질 때
우리는 내일을 소망할 수 있으며
헛된 시간을 보내지 않을 것입니다

우리는 하루하루를
하나님께 선물로 받았습니다

천상병 유고 시집

천상 시인일 수밖에 없다던
故 천상병 님
한 번 읽어서는
도무지 뜻을 몰라 헤매여도
다시 한번 대하는 날이면
그제서야 그 뜻을 깨닫게 되는 詩, 아니 그의 삶

슬프기도 하고
어느 땐 미소를 짓게도 만드는 詩를 읽으며
나는 그를 느껴본다

얼굴 한 번 본적 없고
아무것도 모르는
나와 상관없는 삶이지만
그의 詩가 남아 있기에
영원히 잊지 못할 것 같다

내가 죽어 하늘나라에서

그를 만날 수 있다면

오래 오래 이야기좀 나누고 싶다

그의 천진스런 웃음소리를 듣고 싶다

철없는 시인

오늘 유명한 시인을 만났다
많은 독자의 사랑을 받는
살아있는 감정의 시인이자 목사님을

글을 쓰기 시작한 지
이제 얼마나 됐던가?
무작정 충고의 말을 들으러
찾아가 인사를 드렸을 때
웬지 무거운 분위기는
뻔한 내 속을 들켜서일까?

철없는 시인이기는 싫다
비록 나의 시를 읽어주는
독자가 한 명도 없는
무명 시인이라 해도
삶을 노래하며

사랑을 동경하며 이별을 아파하는
그리움에 파묻혀 하늘의 별을 헤는
하늘이 웃고 별이 느껴주는
나의 시를 사랑한다

나는 내 시의 발행인이요 독자이기에
오늘도 세상에 내놓을 시를 쓴다

깨달음

사랑한다 했는데
나만을 아껴주며 이해한다 했는데
밀려오는 실망감
커져가는 배신감
이제는 혼자구나

결국엔 모두 다 떠나고
나혼자 남는다는 걸
내 마음 모두 주지는
않았을 텐데

그분을 찾아가야 겠다
언제나 혼자 남게 되면
부끄럼없이 찾아오라던 예수

예수 그분을 찾아가야 겠다

날 받아 주겠지?

어제도
오늘도
내일도
기다린다 했으니

아! 좀더 일찍 깨달았다면

위기는 찬스다

위기는 찬스다
지금의 위기만
잘 극복하면
분명 좋은 기회가 온다

위기를 두려워만 마라
우리 생에 있어
위기는 찬스의
전주곡일 뿐이다

아시죠 예수님

내게 가장 중요한 것은
명예도 많은 제물도
사랑하는 여인도 아니죠
보이지 않는 곳에서 사랑을 주시는
내게 살아갈 의미를 준 이름
잊지 않고 살아가는 것이죠

아시죠 예수님
아침에 눈을 떠 주님 보게 하시고
제게 웃음 짓게 하시고
하루를 마감할 때 주님 사랑에
행복을 느끼는 저의 마음 아시죠?

됐어요 이젠 됐어요
내게 있어 더 이상의
소중한 소원은 없어요

누구를 위하여

누구를 위하여
지금 내 앞에 주어지는 일들을
말없이 감당해야 하는가?
도저히 감당하기 힘든 현실을
도대체 누구를 위하여

누구를 위하여
지금 내게 닥친 아픈 현실을
말없이 받아들여야 하는가?
도저히 받아들일 수 없는 아픔을
도대체 누구를 위하여

누구를 위하여
난 오늘도 고개를 떨구고
한숨만 내쉬며 앉아 있는가?
도저히 웃을 수 없는 내 자리에서

도대체 누구를 위하여

누구를 위하여
난 먼 하늘의 별을 바라보며
소리없이 눈물을 흘리고 있는가?
도저히 멈추어 지지 않는 눈물을
도대체 누구를 위하여

누구를 위하여

어른이 되었을 때

많은 사람들이
세상은 불공평하다고 말하지요
물론 나 자신도
불공평한 세상이 원망스러울 때가 있었지요

오늘 난 불공평한 세상조차도
감사함으로 가슴에 품고 사는
한 소녀를 만났지요

힘이 들어 가끔은 절망도 하지만
오뚜기처럼 다시 일어나 내일의 꿈을 가꾸는
한 소녀를 만났지요

그림도 그리고 싶고
디자이너도 되고 싶고
공부도 많이 하고 싶다는 소녀였지요

그 소녀에게는 친구도 많았답니다

하얀 도화지 같은 마음을 지닌
맑은 하늘과 같은 깨끗함을 지닌
소녀를 떠올리며 편지를 써봅니다

아직은 사랑할 만한 세상이라고
아직은 살아볼 만한 세상이라고
그리고 소녀가 어른이 되었을 때
그때에는 더욱 아름다운 세상이 될 거라고…

형

저에겐 여섯 살 많은 형이 있습니다
싸움도 잘 하고 저보다 얼굴이 잘 생긴
그래서 여자친구도 많던 형이
지금은 두 명의 딸과 아내를 거느린
가장이 되었습니다

어릴적부터 함께 울고 웃던 형이었습니다
긴긴 밤을 꼬박 새고도 무슨 할 얘기가
그렇게 많았던지
참 오랜 시간이 지났습니다

둘다 어른이 된 지금
형은 형 방에서
나는 내 방에서
가끔씩 떠오르는 옛 생각에
미소를 짓곤 합니다

지금 형은 고민중입니다
하는 일마다 실타래처럼 얽히기만 한대요
아무 도움을 줄 수 없는 내 마음은
형만큼 무겁습니다

편지를 써봅니다
형! 힘내요, 이 동생을 봐서라도…
기도를 드립니다
오래오래 서로 의지하며 살아가기를…

누나의 방

우리집에는 네 개의 방이 있다
부모님이 쓰시는 안방이 있고
제일 큰 방은 작은형 부부와
아름이, 다운이가 쓰고 있다
손님이 오거나 온 가족이 식사할 때
가장 많이 이용된다
내 방은 그리 크지도 작지도 않고
혼자 쓰기에 좋았는데
얼마 전부터 하숙생을 두었다

그리고 나머지 한 방은 누나의 방이다
어릴적부터 별명이 공주였던 누나는
두 평짜리 작은 방에서 잠만 잘 뿐이지만
방이 생기고부터 얼굴이 더 밝아졌다
비록 두 명이 누우면
움직이기도 불편한 작은 방이지만

누나만의 방이니 행복해 한다

난 누나가 좋다
언제나 웃으려 하고
작은 일에도 행복해 하는
누나의 소박함이 좋다
만약에 겉멋만 잔뜩 든 여자가
우리 누나였으면
작은 방을 투정하는 누나였으면
집안이 꽤나 시끄러웠을 거다
누나를 위해 기도 한다
하나님이 정해주신 좋은 남자 만나
그동안 못 누린 편안함 좀 누리며
행복하게 살기를 기도한다
누나에게 고맙다는 말이 하고 싶다

대학 등록금

대학에를 가고 싶었습니다
공부하기 싫어 이리저리 도망도 다녔지만
내 마음에 소망이 생기니
대학에를 가고 싶었습니다
공부가 하고 싶었습니다

나의 현실은 어려움 뿐이었습니다
오랜 시간 방황에 내게 남은 시간은
십 개월 뿐이었습니다
형편상 재수는 생각도 못하니
이제 시간이 없었습니다

코피가 터졌습니다
밤새도록 참고서와 씨름하며
독서실에서 살았습니다
공부에 재미도 붙고 이대로라면

충분히 가능하다는 용기도 생겼습니다

어느날 우리집에 고난이라는
손님이 찾아왔습니다
열심히 일해 막내 학비를 대준다던
두 형들이 사기를 당하고 아픔을 당하고
갑자기 늘어나는 빚에
웃음을 보일 수가 없었습니다

어느날 밤 처음으로 어머니와 함께
옥상에 올라가 밤하늘을 바라보았습니다
이제 열 아홉이 된 막내의 손을 잡은
어머니는 집안의 어려움을 말해주었습니다
떨리는 목소리만으로 나의 대학 문제가
어렵다는 걸 짐작할 수 있었습니다
그런데 나는 무거운 어머니 어깨 위에

또 다른 짐을 얹어주고 말았습니다
"엄마 저 대학 갈래요"

고집을 피우면서 방황하던 시간
어머니는 다시금 저를 불렀습니다
공부만 열심히 하라는 이야기였습니다
어머니는 공장에를 다니기 시작했습니다
철판을 자르는 기계를 만지는 공장에
다니는 어머니를 안타깝게 바라보면서도
대학을 갈 수 있다는 기쁨에 난
하루하루가 즐겁기만 했습니다

대학입시가 가까워져 더욱 공부에만
매달려 있을 때 독서실로 전화가 왔습니다
"엄마가 병원에 입원하셨어
기계를 만지다가 손가락이 잘리셨어

어떻게, 어떻게······."
다급한 누나의 목소리는 나의 가슴 한 켠에
커다란 아픔을 주었습니다

병실문을 들어섰을 때
웃고 계신 어머니를 보았습니다
손가락을 잘린 아픔도 꾹 참고 계신
어머니는 분명 웃고 계셨습니다
자신의 아픔보다는 보상금을 걱정하시는
어머니 앞에서 눈물도 나오지 않았습니다
"막내의 등록금 만큼만 나왔으면 좋겠구나"

어머니의 손가락과 바꾼 보상금으로
나는 대학생이 될 수 있었습니다
흐린 날이면 통증에 시달리는 어머니를
보는 것이 괴로움으로 다가왔지만

무엇이든 열심히 하는 것만이
어머니를 진정으로 위하는 길이라 여기며
하루하루 최선을 다했습니다

제 자리를 열심히 다듬고 있는 지금도
가끔 낙담하지만 그럴 때마다
어머니를 생각합니다
나에게 가장 큰 위로와 용기를 주시는
어머니를 생각합니다
끝없는 사랑으로 저를 일으켜 주시는
어머니를 생각합니다
어머니 오래오래 건강하세요
ps : 바쁘고 즐거울 땐 느끼지 못했던 진실한 사랑이 어머니 사
랑인 것 같습니다.

내 아버지

이젠 검은 머리카락은 찾아보기가 힘들게
백발이 되어 버린 내 아버지
환갑이 되도록 하루도 쉬지 않고
노가다만 하신 내 아버지

돈 만원을 벌려면 찜통을 몇 번 날라야 하는지
도대체 모르고 커피다 영화다 그저 푼돈으로
생각하는 자식놈을 위해 꼬깃꼬깃 모아둔
용돈을 몰래 주시던 내 아버지

내가 잘나서 대학간 줄 알고 즐거워할 때
당신은 오랜 세월 노동에 지쳐 깊어져 가는
속병에 고통스러워도 병원비가 아까워
아무런 내색도 안 하시던 내 아버지

자식놈 신학 공부해서 목사 되겠다고

이곳 저곳에서 떠들 때
마냥 대견해 하시던 내 아버지

나중에 나중에 돈 안벌어도 되면
자식놈 하는 교회에 다니겠다며
이번 주일도 어김없이 일어나
자식놈이 신다 만 신발과
자식놈이 입다만 잠바를 걸치고
십 년도 넘게 탄 자전거를 타고
일터로 나가시는 내 아버지

부족한 자식들 큰 병원에 한 번 못 모셔도
소고기 한 근으로 당신 고생에 보답하려는
그 마음에 흐뭇해 하시는 내 아버지

커다란 사랑으로 든든한 울타리가 되어준

내 아버지

나는 아버지를 사랑합니다

늦게 공부를 시작한 이들에게

공부해야지요
유명해지기 위해
눈먼 돈을 벌기 위해서가 아니라도
공부해야지요
꿈을 가지려면
소망을 이루려면
한 자라도 더 익혀야지요

참아야지요
피곤하고 지쳐 쓰러진다 해도
힘이 들어 포기하고 싶어져도
참아야지요
사랑을 느끼려면
희망을 품고 있다면
한 번 더 나를 죽여야지요

끝낼 건가요
이대로 모든 것 포기하고
당장의 현실에 안주하며
끝낼 건가요
당신을 지켜보는
따뜻한 시선이 있는데
이대로 주저앉을 건가요

힘을 내야지요
다시는 못 일어날 것 같아도
모든 것 끝나 보여도
아직 우린 젊잖아요
다시 일어날 시간이 있잖아요
힘을 내야지요

그들의 이웃이 되기 위하여

대학 입학금 준비가 어려워
공부보다 기술을 배워보는 것이 어떠냐는
권유를 받던 날 처음으로
내가 가난하다는 것을 느꼈습니다
어머니의 잘린 손가락과 바꾼 보상금으로
입학금을 내고 오던 날
가난이 얼마나 무서운 것인지 알았습니다

내 자리를 지키도록 도와준 가족들의
힘으로 이제야 앞가림을 하게 된 지금
내 주위를 돌아보게 되었습니다
내 손을 필요로 하는 곳이 있다는
내 사랑이 힘이 되는 사람들이 있다는
사실에 커다란 기쁨을 느꼈습니다

아직 부족한 것이 많은 나이지만

이제는 내가 받은 사랑을 나누어야
할 때라는 걸 느꼈습니다
가난이라는 것 때문에 움츠리고 있는
사람들에게 작은 힘이 되어야겠다는 걸
느꼈습니다

난 그들의 이웃이 되어줄 수 있을 것 입니다
아직 스물 넷의 나이로는 부족한 것이 많지만
앞으로 남은 수십 년의 시간 동안
내 마음의 사랑을 끄집어낸다면
지금 이 마음 변치 않고 간직할 수만 있다면
난 그들의 이웃이 되어줄 수 있을 것 입니다

사랑의 징검다리

작은 냇가 위에
흐르는 시냇물 속에
볼품없이 자리한
징검다리처럼

어느 누구의 관심도 없으며
어느 누구의 사랑도 없으나
이 세상 끝날까지
자기만의 자리를 지키며
자기의 일을 감당하는
징검다리처럼

때론 외롭고
때론 쓸쓸할 것 같은
저기 저
징검다리처럼

이제 우리도
외롭고 소외된 곳을 찾아가는
사랑의 징검다리가 되어요

하루가 다르게 변하는
세상 속에서
상처입은 영혼들을 찾아가는
사랑의 징검다리가 되어요

어느 누구의 칭찬도 없으며
어느 누구의 위로도 없으나
이 세상 끝날까지
소리내지 않고 최선을 다하는
징검다리처럼

때론 외롭고

때론 쓸쓸할 것 같은

저기 저

작은 징검다리처럼

이제 우리도

외롭고 소외된 곳을 찾아가는

사랑의 징검다리가 되어요

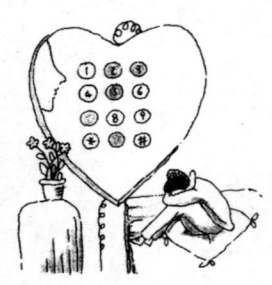

난 천사가 되었으면 해

난
천사가
되었으면 해

아무도 모르게
그대만의
꿈속에 나타나
우리만의
행복한 이야기를
들려줄 수 있는
천사가 되었으면 해

힘들어도 고달파도
희망을 줄 수 있는
그런 천사가 되었으면 해

사랑할 수 없는가?

나는 정말
사랑을 할 수 없는가?
그렇게도 소망하고
소망하는 꿈과 같은
사랑은 내게 있어
사치일 수밖에 없는지
믿고 싶지 않지만
자꾸만
자신이 없는 나는
나는 정말 사랑을 할 수 없는가!

그대 사랑할 수 없음에

그대 사랑할 수 없음에
이렇게 또 시를 씁니다
마음이 답답하고
세상이 어두워도
내 마음 모아
다시 살아나갈
터전을 찾기 위해
이 슬픈 맘 추스르고
시를 씁니다
그대 사랑할 수 없음에
슬프지만
슬픔 또한 이기렵니다

사랑하고 싶은 날

내가
사랑을 하고픈 날에는
사랑할
그대가 없었습니다

내가 외로워 쓸쓸한 밤에는
사랑할
그대가 없었습니다

언제나 그대는
내 곁에 있는 것 같았는데
왜 항상
중요한 순간에
그대는 내 곁에 없는지
모를 일입니다

모를 의문입니다

나 그대를

사랑하기에

우리 사이

친구가 될 수도
애인이 될 수도
그렇다고
모르는 남이 될 수는
더더욱 없는데
이렇게
혼돈스러운
우리들의 관계를
어떻게
풀어나가야 할지
오늘밤도 고민이다

첫눈에

첫눈에
반했어요
문득 문득
떠오르는 그대 모습에
그때마다
작은 한숨을 쉬지요

전화를 해 볼까?
생각도 해 보지만
아직 그대 이름도 모르니

내일은 다시 한 번
그곳을 찾아가리라
다짐하곤
다시 내 자리의
삶을 찾아갑니다

울지마

제발
울지마
아니
울려고도 하지마

너야
여자이니 가능하지만
사내 대장부로 태어나
함부로 울 수도 없으니
네가 울면
나도 나도
나오려는 눈물에
힘이 들어

날 사랑한다면
내 앞에서만은

울지마
나나 너나
아무도 없는 곳에서
눈물로
눈물로
단 한 번의 사랑을 하자

뻔한 거짓말

바쁘다는 것은
정말 이유가
될 수 있는 것일까?

사랑하는데
서로 사랑하는데
바쁘다는 이유 때문에
시간이 없다는 건
그건 사랑이
아닌 것 같다

그치요?
그런데 난
매일같이 이 말을 해요
세상에나
뻔한 거짓말을

얼마나 많이도 하는지
나원 참!

그대 향한 그리움

나의 못남이
느껴지면 느껴질수록
한없이 커져만 가는
그대 향한 그리움

이내 사랑이 거짓은 아닐 텐데
가식만은 아닐 텐데
사랑하고 싶어도
사랑할 수 없는 건

나의 못남이
이대로
나 자신을 포기해야
하는 것인지?
그대를 향한 그리움에

오늘도

나의 못남은 하나씩

늘어만 갑니다

다가가려 하지만

다가가려 하지만
언제 날아갈지 몰라
조금은 떨어진 곳에서
바라봐야만 했습니다

그러다 속이 상해
나 자신의 못남을
한없이 탓해 보며
새로운 마음을 가져봤지만

결국은 한 발자국 다가섰다가
혼자 놀라
두 발자국 물러서곤

바보 같은 내 자신에게
넌 도대체

왜 그러냐고

혼자 싸우고 있습니다

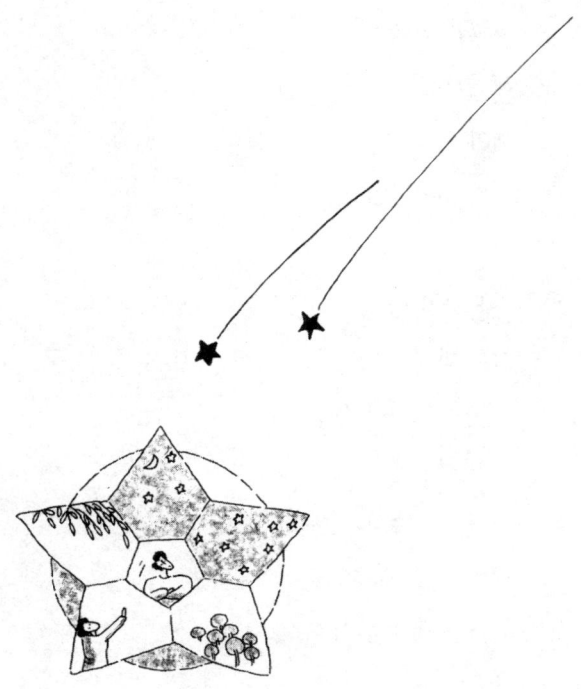

못다한 말

사랑하려는 이에게
사랑하고픈 이에게
사랑할 만한 이에게
하고픈 말은
해 줄 말은
해야 할 말은
무척이나 많이 아는데

나오는 말은
그저 밥 먹었어
잘…… 잘……
또 연락할게
그러고는 수화기를 내려놓고
웬지 모를 아쉬움에
가슴만 애태웁니다

꿈

잠이 오질 않아요
아니 이대로
잠들어 버리면
행여 꿈이
깨어버리지나 않을지
정녕 그대와의 시간은
꿈이 아니길 바라며
긴긴 밤 잠 못 들고
그대 생각에
행복의 미소 지으며
눈을 뜬 채 꿈을 꿉니다

나만의 사랑을 원해요

사랑하고 싶어도
자신이 없습니다
어느 누군가를
미치도록 그리워해 보니
그런 사랑
다시 시작할 엄두가
도저히 나질 않습니다

그러다 보니
어느 새
여러 사람들에게
상처를 주고 있습니다

나도 사랑하고 싶지만
용기가 없습니다
이런 말 믿기지 않겠지만

정말

자신이 없습니다

그냥 보고 싶었어요

의무감에
연락을 하는 것은
아니에요
혹시라도
지난 밤 연락 못해
미안하다는 말이
부담이 되었다면
잊어버려요

미안하다는 말은
짧은 인생
살아오면서
어느 새 습관이 되어 버린
저의 언어일 뿐이니

그대에게

부담을 주려

한 말이 아니니

잊어버려요

어젯밤엔

보고 싶고

목소리 듣고 싶고

그러고 싶었을 뿐이에요

잠 못 이루는 밤

머리가
너무 아파
잠을 자려 해도
도저히 잠들 수가 없다

어느 새
자정을 넘어 버린
벽시계의 모습은
점점
심해가는 두통의 아픔보다는
점점
깊어져만 가는
어두운 새벽의 고요함 속에 묻히고

떠오르는 이가 있어
내 마음은

오로지 잠들고
싶을 뿐이다

솔직하고 싶어요

나의 못남은
숨기고픈
사실들이지만
하루하루
시간이 흘러

점차 나이도 들고
그와 함께
만난 이들이
만나는 이들이
만날 이들이
마냥 늘어만 가기에

언제까지
형식적인 사업으로
계획적인 수법으로

그들에게
내 모습을 보이기에
내 자신이 부끄러워

나도 아직은
한 번도 해본 적이 없고
그러나 알고는 있는
나의 못남을 적어가려 합니다

내가 나를 사랑한다는 것은

난
내가 싫다
난
내가 밉다
난
날 잘 모르겠다

어느 새
이십여 년을
이대로 살아왔다

지금의 난
내 자신을
아주 조금이라도
사랑해 주고 싶다

이젠

나도

행복해질 수 있을 테지

복권에 들킨 내마음

고생 않고 돈을 벌어
벼락부자가 되는 것이
헛된 꿈을 좇는
부질없는 일이란 걸 알고
후배들에게
제자들에게
열심히 최선을 다해 살라 하지만
가끔 어쩌다
복권이 생기면 행여하는 마음에
조심스레 벗겨보고
꽝이 나오면 밀려오는 허탈감
기대한 내가 잘못이지
에휴-으쯔나

싼 게 비지떡이라고?

수중에 돈이 없어
아끼고 아끼려고
자린고비 짓을 하면서도
목욕탕에는 꼭 찾아가고
지나가다 싼 물건이라고
누가 나와 물건 팔면
혹해서 물건 사고
그러다가 속은 것 알면
내 그럴 줄 알았어 하면서
가슴만 치니
언제나 매번 속고만 살아야 할까!

나만의 그대는

나의 못남이란
사랑하고 싶은 그대에게
사랑받고 싶은 마음에
숨기고픈
나만의 비밀

그대를 향한
사랑이 커져가면
커져갈수록
자꾸만 드러나는
나의 못남은

그대만 있어준다면
세상 어떤 일이라도
다할 수 있을
자신감으로 바뀔 텐데

이내 못남마저
사랑해 줄 그대는
지금 어디에 있는지
혹시나
그대가 나만의
사람은 아닌지
그립습니다

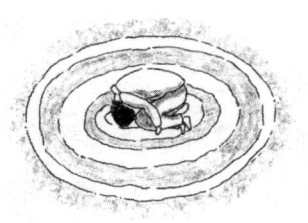

행복은 성적순일까

나의 못남은
초등학교 일 학년 때를 제외하고는
한 번도 받아보지 못한 우등상과

항상 중간의 성적에서
그냥 그냥 살아오던 습관들

욕심도 오기도 없이
그저 이렇게 살면 되겠지
나태한 마음

풀어진 육체
그래도 꼴에 자존심은 있어서
남이 잘되는 것을 보면 배가 아프다

에이! 한심한 인생아

난 아직 모르겠어요

사랑이란

이별이란

괴로움이란

방황이란

외로움이란

그리움이란

이런 이런 모든 걸

모두 다 뼈저리게 느꼈는데

난 아직도 모르겠어요

작은 용기

어떤 일에든지
주어지는 일에는
자신있게 덤비고는 있지만
언제나
한 가지 일이 끝날 때까진
대답하지 못하고
몇 날 며칠을
걱정에 싸여
끙끙 앓기만 한다

그 일이 끝나면
너무나도 허무해
텅빈 공허한 마음에 눌려
몇 날 며칠
긴 한숨만
내쉬고 있어야 하니

에고!

용기 없는 이내 맘이여

마음뿐인 사랑

그 동안
사귀고 싶고
사랑하고 싶고
좋아하던 여자가
어디 한둘이었나

그렇게도
돈 쓰기 싫어했지만
악착같이 돈을 아껴
그녀에게
작은 선물 하나
주려 했지만
언제나 마음뿐

금세
생활에 지쳐

그녀 생각은 잊어버리고
또다시
일에만 매달리는
불쌍한 나의 청춘아!

일기장에 묻힌 마음

그녀 없으면
죽어도 못 살 것 같다고
수도 없이
많은 밤을
일기장에 쓰고 쓰고 또 쓰고

그러고도
막상 앞에 서면
고백은커녕
괜히 퉁퉁거리며
은근히 속만 끓이고

그러다
지가 좋아하던 여자는
모두 다 남들에게 가고
지 팔자라며

나만의 무능력을

탓하고만 있다

못생긴 발가락

나의 꿈은
문화복지 목사다
복지 사역이 꿈이다 보니
언제나 장애인들을
이해하고 싶고
도와주고 싶다
난 그들의 마음을
아주 아주 조금은 안다

열심히 사회생활을 하고
오히려
정상적인 육체를 가진 이들보다
더욱더 떳떳하고
멋있게 살아가는 그들이
존경스럽기도 하고
부럽기도 하고

난 그들에게
배울 것이 너무 많다
난 그들을 돕는 것이 아니다
오히려
그들에게 도움받고
그들의 삶의 자세를
배워야 한다

2센티도 자라지 않은,
나의 열 개 중에
한 발가락은
어린 시절 내게
아니 지금껏
무척이나 큰 수치였다
아니 내 스스로 수치로 만들어갔다
아, 벗어나고 싶은 이 마음!

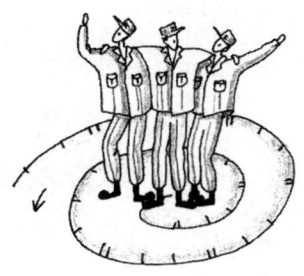

부러웠어요

학교 다닐 때
공부는 잘 안하고
맨날 노래만 하며
가수가 되겠다던 아이들 보면
한심하다 했고
매일 춤만 추며
나이트장에 가
춤을 배워오는 친구를 보면
그래도 난 성적이 조금 낫다고
그들을 겉으로는 비웃었지만
난 솔직히
그 아이들의 재능이 부러웠다
많은 이들 앞에서
노래도 하고 춤도 추고
나도 인정받고 싶었는데
휴―답답하다

사랑은 표현하는 것

나의 못남을
표현하지 못하는
이내 마음이
화나고 답답도 하고

사랑하면 사랑한다
좋아하면 좋아한다
좋으면 좋다
싫으면 싫다
말을 해야 할 텐데

난 언제나 하고 싶은 말을
다하지 못한다
그래서 언제나
혼자 상처받고
힘들어하는 바보인생이다

우등생에 대한 기억 하나

이제는
무감각해진
나의 자존심은
한 번도 타보지 못한
우등상장에
언제나 남이 탈 때
박수만 쳐주고

언제나 중간 정도의
성적을 유지하고
평범한 삶이
좋다고는 하지만
결코 평범하게
살기는 싫고

오늘도 남의 유명함에

박수를 쳐주지만

왠지 배가 아파오는 것

못난 내 머리의

안타까움

나의 취미는 독서랍니다

책읽기가 취미라고
몇 날 며칠
지가 좋아하는
책은 끝까지
읽고 또 읽고

하지만
남들이 모두
중요시하라는
영어공부 책은
한 줄만 봐도 머리가 아파
금세 잠이 들어 버리니
아무래도 나에게 세계화의 길은
멀고 먼 일인가 보다

쌍꺼풀이 아름다운 이유

평소에 풀려 있는 내 눈은
쌍꺼풀이 이쁜 눈이라고
우기고 있지만
선천성인지
아님 어떤 이유인지
내 몸에 있다는
당뇨병

고칠 수도 없고
언제나 피곤한 내 눈은
꺼벙하게만
보여야 하기에
콘서트 무대에 서기만 하면
신경이 쓰여
벌겋게 충혈이 되고

난 아무렇지도 않은 듯
내 몸에 자신이 있는 척하지만
숨기고 싶고
없었으면 하는
나도 모르는 당뇨병

무리하지 말고
음식을 가려 먹고
잠을 많이 자고
언제나 조심하라는

주위 사람들의 염려와
의사 선생님의 지시는
조금만 무리하면
부담감으로 떠오르고

사람의 몸이야
하나님이 알아서 한다지만
내 몸은
내 자신이 챙겨야 하기에
조금 더 오래 살고
건강하게 살고 싶어
오늘도 커피는 안 마시고
녹차를 마신다
아!
내 육체의 못남이여

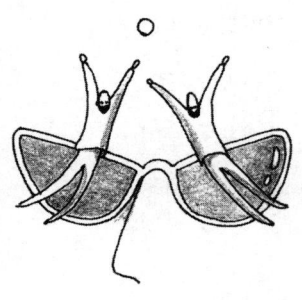

손가락이 짧은 이유

사람들은
콘서트나 여러 행사 때
진행하는
내 겉모습을 보고
괜찮다고 멋있다고 말한다

하지만 그들은 알까?
내 손가락이
단지라는 걸
친한 이들만 알아
단지라고 놀리면
괜히 딴 말로
화제를 바꾸며
진땀을 빼야 하고

내가 봐도

못생긴 내 손가락은

별것도 아닌 게

내 신경을 건드린다

미스터 코리아를 꿈꾸며

나는 왜
운동을 못할까?
어릴적부터
반 대표선수는
해본 적도 없고
운동회 때 달리기가 무서워
언제나 걱정에 휩싸이고

결국엔
군대가서도
한 번도 중대 대표도
못 해보고
언제나 체육대회 때면
응원단장만 해야 하고

나도

남자다운 근육질에
멋진 운동 신경이 있다면
그렇다면
얼마나 멋있을까?

내 몸은 덤인데요

한 사람을 그려볼까
그만을 위해 시를 쓰다 보면
어느 샌가 한 권의 시집이 나오겠죠
그 시집 들고 그녀에게 찾아가
더 이상 기다릴 수 없으니
이 작은 선물 받고
덤으로 이내 몸도 가져가요
라는 이야기 한 번 꺼내볼까
별게 다 나를
걱정에 빠뜨리게 하네

나도 시인이었으면 좋겠다

사랑하기 때문에
행복하기 때문에
내가 살아왔음을
다시 한 번 확인 할 수 있으니
시인이라 하기엔
내 자신이 부끄럽지만

그래도
난 나의 시를
사랑하고 아끼고
시를 쓸 수 있는 마음을 주신
하나님께
감사할 뿐이랍니다

내 마음은 전쟁 중

천사처럼

착한 이가 되고 싶어

가끔씩은

착한 일을 해보기도 하고

바울처럼

신실한 신앙인이 되고 싶어

가끔씩은

주님 뜻을 헤아리기도 하고

효자처럼

인정받는 아들이 되고 싶어

가끔씩은

부모님을 위해 뭔가 해드리고 싶고

그렇지만 언제나

내 맘 깊은 곳에는
선과 악이라고 말하기엔
너무나도 거창하지만
두 마음이 싸우고 있다
내 마음은
지금도 전쟁 중이다

시인같지 않은 시인

내 시집을 읽는 이들은
날 시인이라 부른다
그러다 보니 어디를 다니든지
누구를 만나든지 난 저절로
시인으로 불린다
시인
누가? 내가?

나도 좋아하는 시인이 있다
천상병님
도종환님
서정윤님 그 외에도
난 시를 좋아해
나이가 젊은 또 많은 여러
시인들의 시집을 가지고 있다
감히 그들과 하는 일이 같은

시인이라니
누가? 내가?

그런데 난 시인이라 하기엔
부족한 게 너무 많다
시인들은 대부분 조용하고 감성적인데
난 활발하고 직업도 이벤트업이고
레크레이션 강사이고
시인들은 대부분
밤을 새워 사랑을 고민하고
사랑을 아파하며
자기만의 시간을 보내려고 하는데

난 하루종일 일을 찾아다니고
사랑을 그리워하고 고민도 해보지만
사랑보다는 일이 좋아 언제나 바쁘게 살아가고 있다

시인들은 얼굴만 보아도 시인의 분위기가 난다는데
날 보는 이들은 그저 씩씩하고 재미있고
천연덕스럽다고 말한다

그래도 난 오늘도 시를 쓴다
그냥 쓰고 싶고
적고 싶고 남기고 싶고
사랑하고 싶고
세상을 꿈꾸고 싶어 시를 쓴다
하늘을 날아
이상을 펼치고 싶지만
그럴 수 없는 나를
작은 시 한 편 속에서
찾아가고 있다
이 못난 시들이
또다시 책으로 나온다면

며칠밤 그 시집을 붙들고

읽고 읽고 또 읽고

행복에 겨워하겠지

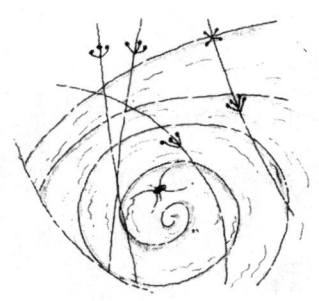

아직도 할 일이 남았나?

늦은 밤
열한 시가 넘도록
하루종일
일만 하다 왔는데

텅빈 방안
혼자 앉아
허기진 배를 채우고
피곤한 몸을 누이지만

아직도
무어가 아쉬운지
쉽게 잠들 수가 없는 건

외로움일까?
아님

허전함일까?

하루 이틀도 아니고

이거 참

큰일이다

포기할 수 없는 꿈

행복하고 싶어
꿈을 꾸고 있지만
그 꿈이
이루어지기에는
아직도
멀기만 한데

자꾸만
내 꿈을 깨우기만 하는
무수한 소음은
행복한 미래보다는
차라리
편안한 오늘

이대로
포기하기에

이내 꿈은
너무도 아쉽기만 하다

오늘도 난

하루종일
갈 곳을 몰라
시내 곳곳을
헤매이다

한 겨울의 추위에
홀로 있음을
원망만 하다가
들려오는 찬송가 소리에
고개를 돌리니

말없이
바닥에 누워
구걸을 하는
한 걸인 아저씨

하루종일
차가운 시멘트 바닥에
나보다도 더 얇은 옷을 입은 채
고개를 숙이고 동전바구니를
밀고 있었다

추워지는 몸보다도
차가워지는 이내 마음
오늘 난 무엇을 해야 하는가?

왜?

살아가다 보면
이것이
정말 내 모습인가
라는 의문에 빠지기도 하고

살아가다 보면
자꾸만
잃어버리는 내 모습에
왜일까?
라는 의문만으로 몇 날을 헤매이기도 하고

살아가다 보면
그놈의
왜? 라는 소리만
자꾸 되풀이하게 됩니다
하지만

세상 어디에서

그 답을 찾을 수 있을지는

그조차도

의문이지요

여행가고 싶은데

일이 좋아
일만 하지만
언제나 일에 치여
어깨가 무겁고
고개를 숙일 때가 있습니다

왜 그런지 모르지만
단 며칠이라도
아무 근심 걱정 없는
낯선 곳으로
여행을 가고 싶습니다

하지만 언제나 마음뿐
오늘도
무거운 걸음으로
아침문을 열고 나갑니다

오늘은 또 어떤

하루가 펼쳐지려나

난 힘들다

줏대없는 내 마음은
이 사람도 좋고
저 사람도 좋고
이렇게 모든 이에게
정확한 내 맘
표현하지도 못하고
언제나 속만 끙끙
싫다
진짜 싫다
이런 약한 내 마음이

오늘도
세상은 날 흔든다
내 마음 약해지게
돈도
여자도

세상도

내 맘을 흔든다

난 힘들다

쓸데없는 소리

자살이 유행이라고?
세상에
어떻게 그런 말이

다 살아
살아가다 보면
당신도 웃을 때가 있어

너무 멀리서
행복을 찾으려고 하지마
똑똑히 봐
느껴 봐

살아 숨쉬는 것
그 자체가
행복일 테니

자살이 유행이라고?
그런 쓸데없는 소리
다신 하지마

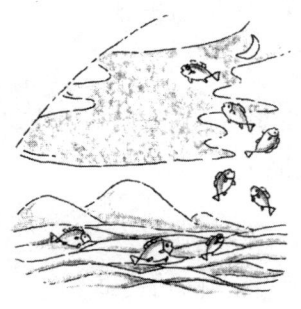

이런 날은 슬프다

아침 일찍 일어나
부산하게 움직여
하루를 준비했는데
행사장에 도착해서
잊고 온 준비물이 생각날 때

저녁 7시에 약속이 있어
급히 행사장을 나왔는데
길이 막혀 약속 시간에
배나 늦게 도착했을 때

아무도 없는 텅빈 교회에 앉아
마음이 아파
눈물은 흐르는데
기도소리는 나오지 않고
한숨만 자꾸 나올 때

피곤한 몸을 이끌고
퇴근하려 4층에서 내려왔는데
오토바이 헬멧을
놓고 내려왔을 때

짜증나지만
4층까지 올라가
헬멧을 찾아왔는데
오토바이 키를 잃어버려
어디 있는지 모를 때

속이 상해
너무나도 울적해
늦은 시간이나마
보고 싶은 이에게
전화를 했더니

지금 자고 있다고
전화를 받지 않을 때

간신히 간신히
지친 마음 추스릴 때
보고 싶은 이로부터
다시 전화가 와
얼마나 보고 싶냐고 물어 보니
조금밖에 안 보고 싶다고
너무 쉽게 대답할 때

다음 날 있을 행사를 준비하고
새로 힘을 내어 잠을 자려 하지만
자꾸만 약해지는 마음에
내 자신이 흔들릴 때

이런 날은 정말로 슬프다
이럴 때 너라도 있었으면
마냥 슬프지만은 않을 텐데
슬프지만은……

공부를 해야 한다

공부를 해야 한다
내가 다니는 대학이
세상에서 제일 좋은 곳으로
알고 계시는 부모님을 위해
못 배운 설움을
자식들을 제대로 못 가르쳐
가슴에 심장보다 더 큰 한을
품고 살아가시는 부모님을 위해

공부를 해야 한다
열 여섯의 가장 순수한 나이에
동생 공부를 위해서
배움을 포기하고 공장에 들어가
기계를 만져야 했던
시집 갈 밑천으로 모아둔 돈마저
어려운 형편의 집을 위해

마지막으로 남은 퇴직금마저
동생 등록금으로 말없이 건네준
그리고 이제야
고입 검정고시를 독학으로 준비하는
하나밖에 없는 누나를 위해서

공부를 해야 한다
자기가 그렇게도 가고 싶은 대학에
남들은 붙여만 달라고
돈을 얼마든지 투자하는데
아무 말없이 공부해
대학이란 곳에 붙어서도
그놈의 돈이 뭔지
그리고 자기가 돈벌어
동생 공부시킨다고 큰소리치다
세상일이 뜻대로 안되어

가끔 술에 취해 가슴에서
올라오는 눈물을 훔치는 형들을 위해

공부를 해야 한다
사랑하는 부모님의 마음 속에
잊지 못할 아픔을 준
사랑하는 누이의 여린 맘에
시리도록 아픈 서러움을 준
사랑하는 형제들의 가슴 속에
참지 못할 서글픈 눈물을 준
이 세상을
사랑하는 방법을 배우기 위해서는

오늘밤도 그냥 잠들 수가 없다
한 자라도 더 쓰다가 쓰다가
나도 모르게

잠이 든다
그리고는
또 아침이다

비오던 날

오랜만에
단비가 와
길고도 긴 가뭄이
조금은 해소가 되었다고
좋아하는데

비만 오면
떠오르는 옛 생각에
깊은 상념에 잠겨
잠시의 여유도 찾지만

아홉 시 뉴스에
빗길에 미끄러진
버스 안에서
또 죽어간 여러
청소년들의 기사를 들으며

이 비가 밉고
원망스럽고
불쌍하다, 불쌍하다
아!
나도 모를 내 마음이여

욕심은 없다

부자가 되고 싶은
욕심은 없다
이사하지 않아도 되는
내 집에서
비싼 음식은 아니어도
정성껏 만든 음식으로
이젠 할머니 할아버지
소리를 들어야 하는 부모님과
사랑하는 가족들과 함께
웃기도 하고
장난도 치며
한 자리에 모여
식사만 할 수 있다면
하루하루가
열심히 노력하는 만큼
행복할 수만 있다면

얼마나 좋을까?

그러면 얼마나 좋을까?

부자가 되고 싶은

욕심은 없다

어둠 속에서 잠 못 들고

내일을 걱정하며

살아야 하는 많은 이들도

아마 부자가 되고 싶은

욕심은 없을 것이다

하나님 뜻대로

엄마가 병원에 입원하셨다
이번엔 당뇨가
무척이나 심하셔서
인슐린을 맞아야 한단다

여전히 바쁘다는 핑계로
낮에는 가지를 못하고
늦은 밤 병실로 들어가
가만히 엄마 옆에 누워
잠을 청해 본다

나는 슬프다 왜 이런 일이
자꾸만 생기는지
엄마에게 용기가 되고
힘이 되는 말을
해주고는 싶지만

아무 말도 못하고 있다

그저 옆에서 같이 잠이나 자며
막내가 옆에 있다는 사실만을 확인시켜 줄 뿐

하나님! 낫겠지요
미안해요 이내 맘 아시고
하나님 뜻대로
하나님 뜻대로 하소서

우리네 아버지들

상사에게 대들지도 못하고
일방적으로
당하기만 하다
새로 오는 신참들의
능력에 밀려
눈치만 보는 남자들

마음이야
어울리고 싶지만
피곤한 몸
가누지 못하고
오로지
쉬고만 싶은 남자들

어느 새
꿈 많은 청년에서

돈버는 기계로 전락해
그저 돈만 벌다
많이 벌면 성공한 남자
아니면 실패한 남자로 결정되는 세상

이런 세상을
살아가며 말 못하는 사연만
간직하고 있는
불쌍한 우리네 아버지들

다운이가 있다

우리집은
왜 이리
힘들기만 하는 것일까
고난과도 같은
서로의 짐들은
잦은 언쟁으로 나타나고
웃음이 사라진 이 집은
서로를 아끼고 있는데
단지 돈이 없기에

우리 집의 희망은
다운이가 있다
이제 세 살박이
다운이의 재롱에
모두들 웃어본다

웃다웃다
그러다
나오는 긴 한숨은
내 눈에
내 맘에
눈물로 고인다

괴물아

다운이는
이상하게 늦게 잔다
매일 밤 자정이 넘도록
할머니는 재우려고
다운이는 안 자려고
웃겼다, 울렸다 싸운다

할머니의 마지막 카드는
캄캄한 창 밖의 괴물이다
괴물아 하고 부르면
무서워 할머니 품에 안기고는
자기도 모르게 잠이 든다

괴물아
창 밖의 어둠은 나도 무섭다
다운이가 무서워하는

괴물이 무엇일까?
나도 나도 무섭다
괴물이 세상이

나도 좀 누가 안아서
재워주지는 않는지
어두워지는 게 싫어지는
밤이다 이 밤은

효자

나도
효자이고 싶은데
당장 급한 내 일은
미안해요 아버지
미안해요 엄마

조금만 더
조금만 더
기다려 주시면
언젠가는
이 막내가
꼭 호강시켜 드릴 테니

효자소리 들을 테니
지금은
제 일이 너무 바쁘니

조금만 더

기다려 주세요

막내가 사랑하는 거 아시죠?

내 부모

세상에
사랑할 것이
무척이나 많다 하지만
내 부모만큼이야 하겠습니까?

너무나 가까워
함께 할 시간은 얼마 있지 않아도
늦은 밤 집에 돌아가
잠든 내 부모 옆에서

이제는
점점 나이들어가는
내 부모 손잡고 있노라면
세상에 사랑하는 이가 많고
할 일이 많다 해도
내 부모만큼이야 하겠습니까!

하필이면

하필이면 그 사람일까?
세상에는
오십 억의 아주 많은
사람이 있는데
하필이면 그 사람일까?

차라리 네가 아닌
다른 사람이
주인공이었다면
내 마음이 이리도
무겁지만은 않을 텐데

왜 그랬을까?

평화통일 합시다

북한이 흔들린다

고급 엘리트들이 탈출하고

먹을 식량이 없어

민심이 흉흉하고

전방에 병력이 집중하고

분위기가 어수선하고

우리 나라 군대도

훈련이 강해지고

어휴 이러다

전쟁이라도 나면

그러면 나 어찌 되는 거지?

예비군 특공대

아무튼 뭐라도 해야 하는데

지금 할 일이 너무 많은데

제발 아무일 없이

잘 넘어갔으면

혹시 통일이 되도

난 걱정이 될 거 같으니

으휴 난 왜 이러나

독도가 지네 땅인가

일본이 그러는데
독도가 자기네 땅이래요
온 나라가 시끄럽고
나도 솔직히 화나고

일본놈들 못됐다고
욕도 하고 저주하고
이 못된 놈들을
어찌 할까 한참 떠들다가

곰곰이 생각하면
이러다 전쟁이 나면
우리가 질 텐데
라는 걱정도 있고

이거 큰일났네 라는

걱정에 겁도 나고

난 왜 이리 겁이 많지

내 곁엔

내 주위엔
언제나 많은
이들이 함께 있었지만
정작
시련이란 커다란
인생의 고비를
넘기려 할 때엔
어두운 밤거리를
홀로 걸어가야만 했다

평소
바쁘고 함께 어울릴 땐
그리 중요하지 않던
예수 그리스도
난 오늘도
그분과 함께

참으로 오래도록

걸어야만 했다

나의 가장 큰 기쁨

나의 못남은
스스로 숨기려 했던
나만의 부끄러움이었지만
이제 나의 못남은
사랑하는 이에게
아니 사랑하고픈 이에게
좀더 떳떳이 나가려는
이내 모습 만들기 위해
나의 못남은
나만의 연단이 되고
나만의 사랑이 되고
사랑하고 싶기에
나의 못남조차
그대 앞에 기쁨이 되었으면 하는 소망에
기도를 드리지만
어느 새 나의 못남과

함께 자리잡은 나의 잘남은

아! 예수님

내게 있어

숨기고픈 모습들조차

감사의 조건으로 만들어 주고

할 수 없을 것처럼

막연했던 사역들에

자신있게 도전할 수 있는

용기를 허락해 주시고

어제도 오늘도 또한 앞으로도

언제나 내 삶을 지켜 주신다던

그분의 약속

내 비록

세상 사랑에는

상처를 받아 많은 밤

외로움과 그리움의

주제로 시를 썼지만

자꾸만 솟아나는

기쁨은

한 분의 사랑으로 인해

넘쳐나는 감사와 기쁨과 소망

나의 못남은 수도 없이 많지만

내 어릴적 만나

지금껏 함께 한

앞으로도 함께 할

아니 영원히 함께 할

예수 그리스도

백 가지 천 가지 만 가지 나의 못남이 있어도

단 하나뿐인 나의 잘남은

나 어릴적 내 예수님

하나님 감사합니다

하나님 사랑합니다

여러분 저의 단 하나뿐인 잘남인

예수 그리스도

그분 한 번 만나보지 않으실래요

감사합니다 하나님

글씨를 잘 쓰는 이들이
왠지 부럽습니다
내 딴에는 잘 쓰려 하는데
마음이 삐뚤어져서 그런지
악필인 글씨가 마음에 들지 않아 속이 상합니다

운동을 잘 하는 이들이
왠지 부럽습니다
내 딴에는 잘하려 하는데
똥배가 나와서 그런지
몸이 마음과는 다르게 움직여 속이 상합니다

머리가 좋은 이들이
왠지 부럽습니다
내 딴에는 열심히 하는데
머리가 안 따라서 그런지

자꾸만 잊어버려 또 외워야 하니 속이 상합니다

그나마
내 자신을 느끼며
글을 쓸 수 있는
삶의 영역이 있으니
내 다른 것 다 못해도
이 시간이 있어
하나님께 감사합니다

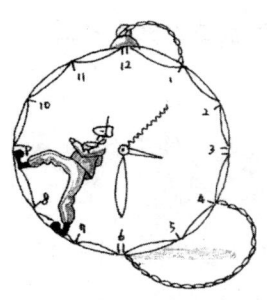

시를 쓰는 이유

그대의 마음을
촉촉이 적셔주는
아름다운 詩를 쓰고 싶어요

그대의 마음을
한껏 기쁘게 만들 수 있는
감동적인 詩를 쓰고 싶어요

그대의 모습을
내 마음에 새겨둘 수 있는
그런 詩를 쓰고 싶어요

세상 모든 사람들이
비웃는다 해도
그대만은 받아들일 수 있는
그런 詩를 쓰고 싶어요

어느날 문득 네가 그리워지면 그러면… 어쩌지? 2

초판1쇄 인쇄 | 2008년 10월 30일
초판1쇄 발행 | 2008년 10월 31일

지은이 | 임우현
펴낸이 | 박대용
펴낸곳 | 도서출판 징검다리

주소 | 413-834 경기도 파주시 교하읍 산남리 292-8
전화 | 031)957-3890,3891 팩스 031)957-3889
이메일 | zinggumdari@hanmail.net

출판등록 | 제 10-1574호
등록일자 | 1998년 4월 3일